U0554148

张开身体

张开身体

欲火一触即发

以你的女神的名义

高傲地屈服在你狂妄的身下

沸腾的热血在尖峰上洗练

原始的生命在舞动中一马当先

歌声嘹亮

全世界都在屏息聆听

巅峰尽处

群星璀璨

你让我就地重生

图兰朵 著

我的名字叫爱情

人民文学出版社

图书在版编目（CIP）数据

我的名字叫爱情／图兰朵著. —北京：人民文学出版社,2012
ISBN 978-7-02-008518-7

Ⅰ.①我… Ⅱ.①图… Ⅲ.①诗集—中国—当代 Ⅳ.①I227

中国版本图书馆 CIP 数据核字（2012）第 135803 号

责任编辑　　脚　印
装帧设计　　李思安
责任印制　　王景林

出版发行　　人民文学出版社
社　　址　　北京市朝内大街 166 号
邮政编码　　100705
网　　址　　http://www.rw-cn.com

印　　刷　　北京千鹤印刷有限公司
经　　销　　全国新华书店等

字　　数　　120 千字
开　　本　　850×1168 毫米　1/32
印　　张　　4　插页 3
印　　数　　1—5000
版　　次　　2012 年 9 月北京第 1 版
印　　次　　2012 年 9 月第 1 次印刷

书　　号　　978-7-02-008518-7
定　　价　　22.00 元

如有印装质量问题,请与本社图书销售中心调换。电话:01065233595

目录

代序：好一个爱情的图兰朵

林君

爱情是形容词。她有着得天独厚的优越：陡峭，傲霜怒雪；平和，云淡风轻；深邃，刻骨铭心。她是跨界的，真实的，骄傲的，孤独的，她是属于心灵的、轰轰烈烈的百变。这正是为什么千百年来，人们前赴后继，用最虔诚的词汇去歌颂，去膜拜，去倾诉，去忧悒，去追忆，去珍藏。

诗歌正是对爱情最美的珍藏。在品鉴名家的爱情经典时，人们往往热衷于那些琅琅上口的千古名句。殊不知，多少作者也许并没有如此奢华的期待，他们更期盼用心读懂他们灵魂的那个人，或者能够明白其中真实或虚幻的人生五味。也许，这样就足够了。

图兰朵就是这样一位作者。

图兰朵是谁？她高贵，勇敢，人们羡慕她"鲜艳欲滴的花冠"。她勇敢绽放的锋芒赋予她更多惊人的勇气——在爱情面前，勇于做最真实的自己，厌恶歇斯底里的扭捏造作，眷恋着伴随"叱咤世界的英雄"风雨同行。她坚信，他们的相爱绝非偶然，也并不简单。

图兰朵是谁？她明亮，澄澈，人们梦幻她"如花似玉的柔情"。她的文字犹如四月天的星光，温暖着爱情与希望。她精通古典音乐，爱那曲《今夜无人入睡》，观望那因爱情和希望而闪烁的星光。她坚信，他们的爱情是最灿烂的艳阳天，是爱的火焰点上的万盏明灯。

图兰朵是谁？她百变，跨界，人们惊诧她"奔流汹涌的诗篇"，这是她关于爱情的咏叹。翻开这本诗集，也请您转变角色，跨界启程——请想象，这是一次波澜壮阔的歌剧之旅，想象其中如梦如幻的场景，想象其中如痴如醉的歌声，想象那个至高无上又柔情似雨的图兰朵。

这一次，图兰朵选择隐去自己真实世界中强势的名字，拒绝用在其他领域的成功轻松换取一时浮躁的关注。因为，在她眼中，那将毁灭或稀释诗歌中真挚的力量和纯真的本心。图兰朵是一个灵魂符号，是一种一无所求、一无所有的美丽爱情。

如诗，如歌，如梦。好一个爱情·图兰朵。

2012 年 5 月 26 日　北京

第一幕：我的名字叫爱情

我的名字叫爱情•••••••

你不知道我的名字•思念让我窒息

我的呐喊被无边的黑夜吞噬•如幽

灵般在空中绝望•直到死去！只有

你•与你相见的憧憬•才让我重见

空中的光明！吻醒我的心灵•让我

我的名字叫爱情

你不知道我的名字

思念让我窒息
我的呐喊被无边的黑夜吞噬
如幽灵般在空中绝望
直到死去
只有你
与你相见的憧憬
才让我重见空中的光明
吻醒我的心灵
让我的心房颤抖
溢满
如花似玉的柔情

我的身体冰冷
只有你
让她瞬间激情如火
流进你的血液

点燃你的生命

终身缠绕你

一次次

处女般重生

我的红唇紧闭

只有你

让她开屏

绽放公主般迷人的美丽

我迎风飘扬的傲气

只有你

让她低头

甘愿做你身下最卑微的奴婢

服侍着国王般的你

傲视群雄

只有你

才知道我的名字

我的名字叫爱情

思念划破夜空

思念划破夜空

等候一生的宠爱在星光灿烂下无眠

你的声音

抚摸

温存

在我的每一寸肌肤上闪烁

你说

要让我在你强盛的身体上舞蹈

你说

要让我在你亲手搭建的玫瑰园里盛开怒放

你说

你是我的

因为我是你的女人

你命令你的女人歌唱
我的身体在瞬间飞扬高亢
消融在无边的快乐里
发出不可言语的呻吟
就让你在我的身体里肆意
就让我偎依在你的怀里
就让我一遍遍倾听你的呼吸
就这样
别让我的心因分离而破碎
就这样
别让我的泪水哭干
就这样
让我的生命溶入你的血液
就这样
让时间静止
让瞬间永恒
就这样
因为我是你的女人

张开身体

张开身体

欲火一触即发

以你的女神的名义

高傲地屈服在你狂妄的身下

沸腾的热血在尖峰上洗练

原始的生命在舞动中一马当先

歌声嘹亮

全世界都在屏息聆听

巅峰尽处

群星璀璨

你让我就地重生

为爱加冕

我真想

每一个清晨

俯首贴耳

吻你

唤你

从甜美的梦中苏醒

我真想

每一个时刻都让你我的心跳合二为一

感觉我的手臂

我的唇珠

我的丝发

在战栗中包裹你不容分说的拯救

不能没有你

纯粹的温柔

我真想

日夜为你歌唱

在你的世界里
以我的生命为赌注
燃烧你的躯体和心灵
用你一生一世的允诺
为爱加冕

你在 就是我的信念

只想静坐与你相对

在你深邃凝望的眼神中陶醉

忘了自己

你知道吗你在我心中最深处安设了座位

永久的

没有人能替代即使你不在身边

而我知道你的力量

你的威力

你的炙热

你的压倒一切的温存与缠绵

你俘获了我的身体

还有我的心

无论何时何地

春夏秋冬

你在 就是我的信念

让普天大地为你我狂欢

清晨过去了

黑夜过去了

时间流逝了

我的情人你是否听到哭泣的等待

我的爱

干涩的双眼干枯的身体

许久没有受到

你的滋润你的慷慨激昂

你的拥吻你的热情荡漾

你给我的生命带来的欣喜若狂

我的宝贝这就是你

勾魂摄魄

在我爱的生命上奔流翻涌

天开了

阳光普照大地沁人心脾

让我消融在你的爱里

让一切快乐的声音融和在我的歌中

让光明展翅

让云彩在昼夜川流不息

让普天大地

为你我狂欢

黑夜永远无法吞噬黎明的天

在我面前是漫漫长夜

只有你微笑发光的眼

沁满的泪水　犹如不灭的火焰

你奔流的热血　在黑暗中召唤

牵着我的手

在我耳边无尽的缠绵

你说

星移斗转痴心不变

你说

你要捧起裂成碎片的诗人眼泪

洒满月光下的裙边

你说

睡吧宝贝

黑夜永远无法吞噬黎明的天

只因你是那样爱我

只因你是那样爱我

充满我的心

附着我　圆满我的身体

我快乐着你的快乐痛苦着你的痛苦

你的世界在我的心里刻上字句

你的爱谱写在我的歌中

那泛着黄金般鲜艳夺目的浓郁秋色

那载着为爱加冕的大道传来咖啡的浓香

那含泪默坐的祈求的眼帘

那无所畏惧抛弃一切的落定尘埃

将温暖抱在心上

欢乐无边

只因你的爱

竟然让分离的凄楚

快乐地溢满了我的心

今世来生

我活在与你相会的希望中

我活在与你相会的希望中

一夜的挣扎梦里的呻吟

是为了触摸你的心

甜柔你的唇

穿透你的思恋

妩媚你的每一寸肌肤

请你

别让我独自旅行

我要望着你的眼睛为你歌唱

我要在这样阳光明媚的早晨

让我的身体如花绽放

我要默默含忍着

用欢笑伫望你前行的足迹就像夜空里无眠的星光

我要用露珠铺路花蕊点灯

落红遍地洒满许诺百年的芳香

我要拥吻你的灵魂召唤你心的方向

我要让生命在你的降临下

放射夺目的金光

就这样让你牵着我的手

就这样让你牵着我的手

在鲜花盛开的路上走

诉不尽的往事如诗如画

正如空中飘来的圆满含泪的温柔

炫目的阳光散漫在缠绵的街头

靠着你的肩

花开花落

等待秋的硕果

数着时间

数着你荣耀的年华

四季的春秋

即使不能相见

我也能触摸到你的血脉一次次狂风骤雨

倾听你的气息　你为理想而战的果敢

你毫无保留地坚韧向前

你在我身体上挥洒的

永恒的诺言

你的快乐

为我的灵魂作曲

唱出我的烈火高歌　岁月荣枯

生命起落

你是我的生命 我的天

你爱却不全知我爱的悲哀

你思念却不全知我思念的深渊

你承诺却不全知我承诺的遥远

你憧憬却不全知我憧憬的虚幻

你勇往直前却不知我披荆斩棘的艰难

分离是我无法忍受的痛

闭上眼

我要躲过这黎明前的黑暗

我要贴紧你的心

吻着你的脸

用泪水画出你的图案

我要念着你的名字

暖着你的枕边

梦着与你相见

我要让你全知道

你是我的生命 我的天

把我留在你的身边

把我留在你的身边
让我随时看到你的双眼
把我留在你的耳边
让我随时听到你的呼唤
把我留在你的唇边
让我随时亲吻你的挂念
把我留在你的枕边
让我随时温暖你的失眠
别让我的心因流泪而枯竭
别让我的梦跌入无边的深渊
别让我失去你的娇宠
别让我屈服于这无奈的旅程
含着泪
我也要高高地扬起头
让你的爱刻成我的容颜
我要道一声珍重
报一声平安
我要一路念着你的名字
不用任何语言

白发新娘

为了今生的相聚

我已等候了许久

可你总是笑着

红颜褪色岁月如梭

你说

你我之间只要心不再漂泊

唯有时间不能越过

唯有爱才是承诺

所以我一无所求

就把你藏在心头

默默守候

就像守着我对生命的火焰般的激情回荡

守着我大海一般积蓄的执著

守着我的歌我的悲凉我的欣喜若狂

守到

黎明透出曙光

红毯铺在百花盛开的路上

我要庄严地做一回

你身旁的

白发苍苍的新娘

第二幕：你就是我一切的好

你 就 是 我 一 切 的 好 • • • • • •

你 就 是 我 一 切 的 好 • 我 流 泪 其 实 从

不 想 让 你 知 道 • 你 深 爱 着 我 的 目 光

如 时 光 急 速 的 步 调 • 叩 着 我 的 痛 苦

连 着 我 的 一 切 • 欲 言 又 止 的 烦 恼 ！

时 光 如 果 倒 流 • 我 要 在 青 春 中 不 顾

总有一天

爱人无眠

思念如绳索

如刀割

当黑夜笼罩你的路

听不见我的歌

就在不远处

低吟

为你的梦送上我的吻

我的泪痕

我的心

无时无刻不为你搏动

总有一天

漂泊已经过去

我偎依在你的枕边

相拥着与你入眠

总有一天

你的坚定犹如黑暗中的灯

温暖滴血的心

照亮相守的旅程

总有一天

不在黄昏时分手

我就站在你的面前

同看彩霞满天

身后是溢美喜悦的星空

总有一天

我用你思念的焰火

点燃我的生命

为你擂响胜利的鼓声

可你不能带我走

我的悲哀你永远不懂

你来了

借着满天的繁星

从蔚蓝的海岸

捧起我生命的琴弦

不容片刻

弹起纵情的乐曲

我的歌迎风飞扬

你抚摸我

让我随着你颤抖　随着你燃起柔情

你占有了我全部的身体

我的心

连同我活着的意义

可你

不能带我走

黑夜里我总是流着泪惊醒

今生今世

完整的你只在我的梦里

我为你而狂的舞蹈

为你而放声歌唱

犹如荆棘鸟般无所畏惧

我为你而重焕异彩的容貌

天荒地老

守望在你的身旁

守护着你的允诺

没有退路

前行不息

是为了每时每刻都能看着你

吻你的额头

在你的耳边缠绵低语

是为了破晓前

你我念念不忘深情相依

不再

挥泪伤别离

明天不见面

你透过满天的繁星

凝视着我的梦境

黑暗中

我看不到你

却拥着你浓厚的气息

吻着你心潮汹涌的秘密

摸着你的孤寂

含着你无眠的思念

你偶尔的叹息

让我哭出声来

越过泪水

我求你

我只要靠着你

我只要看着你

我只要紧紧握着你的手

不让你离去

我只要用我的歌和花来报答你

明天不见面

我把裂成碎片的心收集起来

用你的爱串在一起

每一次阵痛

都把我的心引向你

每一次心碎都让我坚信

我的生命因你而绽放光明

握着我的手把我带走吧

如果你愿意

在你的爱里我愿长眠不醒

你就是我一切的好

你就是我一切的好

我流泪其实从不想让你知道

你深爱着我的目光

如时光急速的步调

叩着我的痛苦

连着我的一切

欲言又止的烦恼

时光如果倒流

我要在青春中不顾一切地奔跑

我要寻找

我要与你会合

欣喜若狂

我要你握着我的手

把我拥入你的怀抱

与你的生命融为一体

我要你当着众人的面

给我戴上价值连城的珠宝

接受艳羡的礼拜

我要你把我高高举过头顶
向世人高声炫耀

我其实要的只是你
你就是我一切的好

你要知道我们从没有分开

你要知道我们从没有分开

我的生命饱含着你

你是我前世的姻缘今生的梦幻

你占有我

拥有我

我才从不孤单

你的思念追赶我

你的灵魂探望我

缠绕我难舍难分

蓦然回首

一切仿佛昨天

涌进我的周身

我为你而献身的心愿

为你而生的容颜

让你我夜夜对望

诉不尽的离愁万千

你诗情画意的温暖

你势不可挡的坚挺

你雄鹰般的矫健

你永恒不老的诺言

就在不远处

倾听我如痴如醉的歌声

斟满我柔情外溢的酒杯

塑造我如花似玉的笑脸

谁说往事如烟

你就在我的眼前

你就在我的体内我的胸乳

你就在我的裙边

你就在我为你而拨动的心弦上

风暴般抖颤

起舞

流连忘返

升腾起光辉灿烂的凯歌

冲破时空

超越黑暗

跨过短暂的离别

与我欢乐相伴

相恋在天上人间

你是我的国王

你是我的国王

可是我不明白

如果我不能成为你亲手加冕的公主

为什么你不答应我亲手赐给我死亡

至少我可以庄严地站在众人面前

以你的触摸结束一生的辉煌

至少我可以引吭高歌

喊出死不瞑目的绝望

让全世界都屏息聆听

至少我可以戴上鲜艳欲滴的花冠

坦然接受众人的审判

至少我可以骄傲地昂起高贵的头

嘲笑所有世俗的羁绊

至少我可以光荣地死在你的怀里

死前

我要赤裸

把自己最后一次纯洁献给你

我要你在胜利的广场上劈开我的身体

风暴般把我夺去

我要让你精疲力竭

把头深埋在我的胸前喘息

大地都流泪

看你我美中合一

我还要让你为我披上荣华富贵大红大紫的锦缎

充当你至高无上的女神

至少

我可以最终为你而死

死前

我还要把束缚你手脚的羁绊全部烧成灰烬

合并我的躯体燃烧成炽热的火焰

用我微不足道的生命为你谱写最后一首神圣的诗篇

只为我们的爱流芳千古

被世人传遍

我从未有过太多的奢望

我从未有过太多的奢望

我只想偶尔在你的怀中醒来

接吻满屋的阳光

任你温暖我的全身抚摸我红润的脸庞

我只想偶尔靠着你宽大的肩膀

流着泪诉说我曾经的惆怅

我只想每走一步都能紧贴你炽热的胸膛

从你坚韧的心跳中获得前行的力量

再也不怕在黑夜里独自面对悲凉

我只想翘首注目着你

远远地数着你的辉煌

一个人为你的光荣鼓掌

我只想在你想说话的时候

就守在你的身旁

分享你所有的故事

所有的乐章

我不是那个女主唱

所以我可以恍悟

我可以担当

我可以擦干你无法忍住的泪

我可以抚平你从不示人的忧伤

假若偶有苦难

我会挺起胸膛

毫不犹豫地抵挡投向你的暴风骤雨

我会欢乐地放声歌唱

释放我的奇迹

让你爱的阳光

为自豪自由的我铺出满天的万道霞光

我不是你的新娘

我没有奢望

我只是你的女人

我只想让你答应我

让我永远爱你

让我眷恋你

让我心有所往

让我在漫漫长夜里

点上我们爱的灯

通宵为你守望

我永世的宝藏

我想让你

用我娇艳欲滴带着露珠的花环

用我情欲丰腴的身体的芳香

用我的如乳　如蜜

如浓酒般的幻想

在我们的花园里

构造你心中完美的我的形象

让你夜夜痴迷

让你毫无倦怠地日日膨胀

让你不顾一切世俗地一次次疯狂

让你的热血火一样旺盛

让你忘却悲伤

让你没有半点犹豫

让你享受安谧

让你的身躯因柔美

因湿润因激荡

充盈

放射出不可抗拒的力量

让你的心灵喜悦

泉涌出清澈的光芒

我只想把我的一切奉献在你的身旁

这是我今生最好的机缘

这是我永世的宝藏

而我双手空空

一无所求

只为时刻高举你的旗帜

为你的爱擂鼓

欢唱

等你今夜等你一生

你知道我的秘密

永远羞于开口

虽然她是我生命的全部意义

夜来了

唱完白天的歌

我用你最爱的花朵

撒满你回家的路程

为你点燃

通宵守望的明灯

照亮为你温暖如春的身体

润着你的唇瓣

撩开你红颜的裙边

充实着只为你饱满的乳房

盛满你最爱的红酒

念着你的名字

等你

一醉方休

可你终于没有出现

我不哭

我的眼睛发酸

我不告诉你

我的身体在渐渐变冷

我只告诉你

念着你的名字就是我的快乐

我的温暖

就是我永生的秘密

我渴望你

我盼求你

我寂寞的心充盈着爱你的歌

你的名字就是我的心

你的名字就是我的快乐

我就这样念着你

等你今夜

等你一生

有种温暖叫做守望

有种温暖叫做守望

即使你最终没有出现

这种守望依然是幸福的

有种味道叫做回家

即使你终于没有让我尝到

憧憬这种味道依然是幸福的

有种黄昏叫做孤独

即使永远不能排遣

我一个人静听你的声音

这样的黄昏依然是幸福的

大地从沉睡中苏醒

放射出万道耀人的光芒

也重新唤醒了我所有的美满

所有的渴望

即使渴望落空

抱有这种渴望依然是幸福的

你的爱就是我的幸福

你的爱就是我取之不尽的宝藏

我 的 名 字 叫 爱 情

我的心坚定我的信仰

坚信漂泊的生活即将过去

就像坚信黑夜终究会破晓发光

大地会披上金色的霓裳

花蕾会含苞怒放

生命在燃烧中成就辉煌

所有受的苦必将照亮

你我前行的路

我只想有一双天使的翅膀

我知道今生没有那么辉煌

即使我爱你的歌永远唱得那么高亢嘹亮

我知道今生相见恨晚

即使我们曾为前世的良缘欢唱

我知道我的国王偶尔也会黯然神伤

即使我们的身心总是因满怀憧憬而欣喜若狂

我知道我仍然让你失望

即使我的泪水含着血

为的是让我的思念在黑夜里不再绝望

仍然熠熠发光

我只想

有一双天使的翅膀

用你温润的接触

丰满我的胸膛

用你怜惜的凝望

召唤我全身的热血奔放流淌

用你激荡的灼吻

圆满我骄傲的身体

在屈服下爆发青春的容光

用你无言的坚韧

温暖我的心在无路的天空中逆风飘扬

你说过

永远爱我

陪伴我直到金色的夕阳

你的爱就是我栖身的温床

你的爱就是我的一对翅膀

让我挣脱疲倦

让我在狂风暴雨中心有所向

让我跃雀

让我在你耀人的光辉下泪珠闪亮

让你的爱载我飞翔

第三幕：等你　你是奇迹

等你　　你是奇迹 • • • • • • • •
你 从 不 轻 易 落 泪 • 足 矣 让 我 欣 然 ！
让 我 不 忍 触 摸 你 心 尖 上 的 痛 • 让 我
羞 于 启 齿 我 今 生 唯 一 的 夙 愿 • 任 她
默 默 地 • 无 法 抑 制 地 • 又 从 这 难 捱
的 黑 夜 里 腾 空 而 起 ！ 犹 如 一 道 闪 电

求你 别说再见

我要把我的泪珠穿成项链
佩戴在你的胸前
我要把我的思念装扮成面具
紧贴着你的脸
我要把我的牵挂连成丝带
缠绕在你的腰间
挥一挥手
离愁吞噬着我的每一根神经
哽咽着我的语言
让我难说再见
你是我生命中的寸寸光阴
每一次分别都让我心碎肠断
因为我
已没有时间
一万年的相爱太短
留下的只有我们奔流汹涌的诗篇
春风识面
相见才是我今生醉美的机缘

我要把你写在我的脸上

哪怕落花流水让红颜易变

我要把你捧在我的胸乳间

日夜凝望着你

即使你远在海角天边

我要把你溶化到我的血液里

让你永生占有我

让你源源不断充盈着我的心房

让你吸吮着我的柔唇花瓣

让你震荡着我的血管

我就是要让你主宰我

主宰我的命脉

我就是要让流金的岁月

还有你温暖的笑脸

时时浮现

求你忍住泪水

别说再见

我生命最灿烂的艳阳天

烟雨朦胧低垂的天

握着你的手

流连忘返

我紧随你即将远行的身影

背过脸

噙住泪水

不让你看到我的伤感

我想一路都陪着你这样走

陪着你搏击长空的矫健

陪着你所有的峥嵘岁月

读着你叱咤风云的雄伟诗篇

也陪着你从不妥协的辛酸

陪着你清夜的孤枕难眠

陪着你梦里绞痛的思念

描画出亭亭玉立的我

娇媚芳颜

被你紧裹在怀间

仿佛初恋

我总是甜甜地笑

笑你宠我

胜过世上所有的西施与貂蝉

你拥吻着我

让我们一生唇齿相连

与你同行的路很远

但我的意志磐石如坚

偶尔的疲倦

只是为了积蓄坚贞不渝的许愿

偶尔的泪水

也只是为了偎依在你的肩

诉不尽的缠绵

匆匆的聚散

又是离绪万千

让我与你同行

同行是我的眷恋

眷恋你

是我生命最灿烂的艳阳天

我一无所求

我一无所求

我只求你让我走近

再走近你

就这样看着你

任生命老去

我只求你让我追随你创造一切的足迹

你从不后退的英勇

你那总能让世人仰视的伟绩

我只求你从不把我忘记

哪怕片刻

哪怕我不能成为你此生的唯一

我只求你让我的愿望在清晨的露珠上跳舞

只为祈福生命的奇迹

我只求你

手握着我的手

眼恋着我的眼

心连着我的心

让我的爱像歌声一样单纯

我只求你

爱抚我的用青春用泪水用无数无眠之夜为你编织的花笠

即使你不会戴在头顶

我只求你

在我迷路时紧紧握着我的手

在我的耳边低语

你只为我而挥洒的英雄的甘霖

我只求你

轻轻吻干我的泪痕

在每一个不忍离我而去的黄昏

每一次我恳求你留下的眼神

每时每刻

因恋你却不能相见的绝望

我是这样软弱无力

你用爱的上方宝剑猛地一击

就让我在黎明前重生

就让我的今生再没有畏惧

我一无所求

穿越黑夜的路有时孤寂

我似乎已等待了一生

等着你

点亮我生命的火焰

采下只为你而捧在胸怀的花

所有前世今生的喜悦在我的身体里颤栗

流光满溢

我一无所求

只求你

让我爱你

我此生的目的

我此生的目的
就是要不停地寻求你
寻求你的名字
寻求你的身体
寻求你让我活下去气息
无论你远在何方
我都可以
至少在梦里
在你的怀里忘掉尘世
与你深情相依

我的乳房如蜜
如春光乍现
任你揉捏
任你吮吸
坚挺着
直至丰满
直至我如梦如醉的呻吟

不由地

引着你充满力量的双手

在我幽秘的最深处

点燃最璀璨的光环

时而徐缓

时而如暴风骤雨

刹那间

你让我心血来潮

我把自己全部交给你

就这样

我把一生都交给你

让你完美我

让你成就我

让你用生命的琼浆注满我

我高歌着舞蹈

让你看见让你听见

让你无法把我轻易离弃

我的容颜会改

如落花飘散在空中

没能留下一丝曾经风情万种的痕迹

我会被忘记

除了我用泪水写下的诗句

可世人也许最终会记得我

只因我曾是如藤如蔓缠绕着你

不让你有片刻喘息

只因我视你为我的生命

只因我爱你

只因我是你的女人

生命如歌的行板

重现

一种相思

两地同愁万千

你的思恋

犹如钻心的利箭

你终爱的誓言

让我所有夺眶而出的泪水

化做会心一笑的嫣然

就像你最终让我读懂

夕阳依旧灿烂

依旧

彩霞红遍

梦中的相见

就在蓝色海岸

你的一天注定了我的一生

你的爱之船

让我的今生

扬帆

生命由此绽放异彩的欢颜

越过岁月流逝的折痕

越过所有孤独挣扎的风口

悲欢离合的浪尖

跨越时间

春光无限

航行的每一步都是你的爱在召唤

你的凝望

你的光芒迸射

你坚韧地吹响一路前行的号角

欢欣若狂

让我一次次冲破黎明前的黑暗

让我的柔情丝雨潺潺

连绵不断

我躺在繁花锦簇中

把自己如花地献给你

托付我的生命

在你身上永葆鲜艳

美丽地盛开

你是我栖身的港湾

生命如歌的行板

亲吻你的声音

有时听听你的声音

就很满足

满地的阳光

小女孩模样的扮酷

无边的快乐

满溢的娇嗔

你的热恋紧压着我的胸乳

时光倒流出

青梅竹马的童话

让你弹掉忧伤的尘土

让你笑出声来

让你英雄般的精气恢复

让你以我男人的身份被世人注目

不能相见可我没有哭

亲吻你的声音

我就能忍着涌出的酸楚

骄傲地扬着头

亲吻你的声音

短暂的一生不再虚度

我可以在时间的边缘上不知疲倦地为你跳舞

谁说生命只是花朵上的一颗露珠

亲吻你的声音

我就会在每一次黑夜里因思念不能相见

而心碎而绝望而泪流满面

而痛得流血时

笑对我的苦

你说过

你握着我的手一直往前走

这就是路

让我再听听你的声音

这已很满足

看着你我都想你

看着你我都想你

念着你的名字无法离去

一生能有多少次

就这样相隔万里

梦魂俱远

情切切

离苦不堪言

就这样望眼欲穿

就这样千种风情割舍不断

你的注目

你珍爱的光辉

在我的泪珠中闪烁

涌现

天高水远

你怎舍得我

让我再次愁肠百转

度日如年

多少次我告诉你

你是我今生最美的神往

似花似水的柔情无限

即便是年华将晚

我所有的美好都出自你的手

你的深情眷恋

我流泪是我的心在颤抖中渴念

让我放声

让我哽咽

让我的生命化作火焰

眺望

你的步履在光明中掠过黑暗

降临

那时晚霞璀璨

前程似锦

你的拥抱将吻干我的泪痕

等你　你是奇迹

就这么想着等着你

等你

盼深夜里的奇迹

奇迹是你

牵起我的手带我走

无论走到哪里

只要再不用忍受分离

不用强忍着心裂般的绞痛

也不再有片刻的不安

独自厮守的叹息

你深爱着的双眸

映射着

黑暗里发光的回音

在这静谧里

我仿佛听到你轻轻的呼唤

挡不住的渴念从风中飘然而至

萦绕着我的无眠

震颤着我的心田

你从不轻易落泪

足矣让我欣然

让我不忍触摸你心尖上的痛

让我羞于启齿我今生唯一的夙愿

任她默默地

无法抑制地

又从这难捱的黑夜里腾空而起

犹如一道闪电

劈开前行的路

光芒四射

我已听到你的脚步声

渐渐走近

走近我的床边

穿透这浓浓的黑夜

牵起了我的手

握住了我的生命

等你

你是奇迹

没来得及说再见

没来得及说再见

也不能说再见

相守总是这么短

还没来得及让你再摸摸我的脸

还没来得及让你轻轻吻干我湿润的双眼

还没来得及让你再一次在我的耳边呢喃

你总是宠我

丝丝点点

你呵出的温暖

羞红少女般的芳颜

一路柔情万千

还没来得及回味

群星灿烂

你一次次把我推向情欲之巅

你是时间

我生命的分分秒秒都在你的怀里

你的心尖

最深最滚烫之处
涌出无边的爱的源泉
再多给我一点时间
我为你活着
生命因你而高亢灿烂
爱就这么简单

你就是我的整个世界

多少次都是这样见你

见你在梦中

已数不清

多么熟悉的笑容

你爱我的凝眸你的痴情

直插入我的心胸

让我周身的热血为你

倾刻沸腾

让我仰慕

你华彩壮观的今生

激流奔涌

排山倒海改变着这个世界

万峰之巅

你谈笑风声

从容面对

众人视你为盖世的英雄

英雄只为我而落泪

落泪交融在我的体内

脉脉含情

你的手缠缠绵绵

骚动

我周身柔美的神经

流遍所有的人间仙境

我只为你而颤抖

而呐喊而永葆年轻

湿淋淋的身体全部奉迎

石破天惊

你对于世界

只是一位英雄

而你对于我

就是整个世界

请你再给我这样的爱

我从未离开

我怎能离开

浑身缠满的全是你穿透肌肤刻骨铭心的深爱

请给我这样的爱

让我刹那间窒息

让我哽咽着无法说出堵塞在胸口告别的言语

阵阵剧痛刺穿我的心

梦已牢牢锁在

你放纵无羁创造的这样的爱

活生生地直上九宵

流光异彩

冲荡着我的血液

震劈了我的世界

柔情开怀

流出的高歌和着喜悦的泪

在狂欢中昏晕

让我一路念念不忘前世今生注定的情缘

你席卷大地

高高在上的英雄的风采

请给我这样的爱

无量的思念

像一个个尖尖的火焰

燃烧着我离别的悲哀

折磨着哪怕是最短暂的等待

请给我这样的爱

伸出你的手

让我握住它

让我在黑夜里感觉到它的暖怀

它的抚摸

它与我合一的神奇力量

它给我指的未来

请你

再给我这样的爱

就想爱着你

就想爱着你

就想恋着你

就想在这想你无眠的黑夜里痴望你的眼睛

我能看见你

穿透所有不可逾越的距离

就想用此生的时间读你

懂你

你每一个宠我疼我的问候

挥之不去

你浓浓的惦记

还说

爱我胜过自己

让我心暖

让我如花似玉

让我的胸乳涨红

丰满地挺立

让我因你要的只是我

就喜极而泣

就想缠着你

绵绵地润着亲你

你的脸

你强劲的手臂

你全身每一寸高傲的领地

都让我身不由己

让你溶进我的血液里

直入我滚烫发抖

张开的身体

让我俯身

终生做你的奴隶

就这样爱你

你才是我今生的惊喜

你才是我今生的惊喜

你知道吗

你的爱还留恋在我的身体里

跳跃

难舍难分的喘息

缠绵不已

谱写着流芳百世的乐曲

涌出阵阵的柔情甘雨

摩擦肌肤的撞击

欲火腾空

再次高潮迭起

永世的记忆

在寻你难觅的梦里

难觅

可我的歌声依然撩人

亢奋地回荡

天与地

你是我的传奇

你是我的天与地

我的生命是你的爱的火焰

燃烧出耀眼的光明

照亮你我前行

击碎所有忧伤的滚烫的泪水

生的延续

让我投身在你健壮身躯的光辉之里

让我为你如此痴迷

痴迷

只为见你

哪怕瞬间

只为轻吻你的唇

只为握着你的手

只为默默凝望你的双眼

无法离去

只为让你用尽千万种爱的名义

千万种爱的神态

只为让你允许我这样不顾一切地追随你

才能永远和你站在一起

让你成为我今生的传奇

让你成为我今生醉人的惊喜

我决不放弃

至少今夜我们不能分离

求你

我的天与地

爱你是唯一的答案

生命没有答案

我已寻遍海角天边

直到那一天

就在天堂的另一端

命中注定的蓝色海岸

轻风万里

你闯入我紧闭的花园

唤醒

我沉沉欲睡的怒放的娇艳

亲吻

我为你而生就的姹紫嫣

捧起我的余生

一路向前

从此心有所属

我成为你的歌者

灵魂的同伴

我把失去的青春化作丰腴的果实

全部呈献

任你支配

任你尽享

我不要你的诺言

这会使我感到深深的羞惭

我只要你永久地答应

让我用生命剩余的时间

拨动柔美的琴弦

唱出你心中完美的爱恋

日复一日年复一年

就在今天

我肌肤的每一寸间

都充盈着你阵阵涌现的情缘

你寻味不尽的缠绵

你暴风雨般的闪电

就在今天

黄昏疲惫的时分

我听到你在夕阳余晖里的呼唤

花好月圆

就在今天

我沐浴在你的凝望和热吻里

相拥着与你共眠

不再孤夜愁烟

就在今天

只要牵着你的手就不会艰难

就在今天

我要欢呼

我们曾经翻越的万水千山

彻夜的狂欢

还有我们共同的誓言

就在今天

我已找到生命的答案

星光灿烂

喜悦的泪水模糊了我的视线

爱你

就是唯一的答案

第四幕：活着　还是死去

活着　还是死去 • • • • • • •
你 怎 么 舍 得 • 让 我 这 么 久 没 有 你 的
消 息 • 深 夜 里 我 总 是 惊 醒 • 只 为 一
遍 一 遍 寻 觅 你 的 踪 迹 ！ 哪 怕 点 点 滴
滴 哪 怕 支 离 • 我 的 心 酸 • 犹 如 这 无
边 的 黑 夜 • 深 不 见 底 • • • • • •

我不再哭着挽留

我说不出口

可我只想亲亲你的额头

我不再哭着挽留

我总会让你走

我只想让你摸摸我的手

理理我湿润的长发

轻试我泪水直流的眼眸

阴晴圆缺

我不敢全部拥有

你这盖世的英雄

让世人仰首

我只懂你的心

我只疼你的苦

你流泪让我浑身颤抖

让我自责我的软弱

让我痛到尽处

难以解救

我只想肯求

让我分担哪怕你的一点点烦碍

我不让你泪流

我不让你的鬓角布满过多的忧愁

我不怕独自远行

无月的黑夜里我还可以一醉方休

可待到秋收的时节

我会坚定地站在你必经的路旁等候

等候

柔风细雨里映着爱的清辉的你

还有

你的思念与我同游

我不再畏惧

我要把我的名字和你的名字刻在一起

终生的奋斗

我让你走

不再苦苦地挽留

这么晴朗的一天

这么美的艳阳天

你竟然不在我的身边

好多话想在你的耳旁低低倾诉

不住地呢喃

靠着你的臂膀你的肩

你的爱倾泻到我的诗里

我热得发烫的裙边

天堂的笑脸

无尽的甜柔花一样的缠绵

我投影在你的光辉里

歌声响彻云天

忆不完道不尽的往事

喜悦犹如初恋的圆满

就在昨天

你的名字

你的种种神态

你的喜乐

你的悲哀

你的一切的一切

都牵动着我的心弦

我的思念

我的生与死

我粉红的容颜

刻着你的热吻

弥漫着我的全身

在黑夜里与我做伴

斩断我的畏惧

我的泪眼

编织着我永远的梦

用你爱的宝剑

真的请你直言

我是否值得你忆念

你的娇宠

你的爱怜

还有期盼着你的出现

在这么美的晴朗的一天

我的泪水是在为我鼓掌

那一瞬间

你英雄般屹立在我为你而搭建的爱的宫殿

交织

无尽的缠绵

畅饮满溢的琼浆

迸射

冉冉而起的火焰

那一瞬间

你再一次奏响了肌肤相亲相爱的狂欢

永世不忘

合二为一的震颤

那一瞬间

死而复活的壮观

高潮的膨胀

生的无限

那一瞬间

恍如隔世

青春与岁月争奇斗艳

化作今生注定的情缘

那一瞬间

看着你我就不再孤单

我的泪水是在为我鼓掌

让我笑对黑暗

让我遇见

再遇见

这样的瞬间

让我再一次贴近你的心田

倾听你的理想

还有你未完的宿愿

让我在黎明前

吻掉你全部的疲倦

让你在我的怀里酣然入眠

让我放弃世间的所有

只为看到你睡梦中久违的笑脸

那是我的梦我的思念我的分担

你的笑脸

让我的一生定格在这一瞬间

生命中还有多少这样的日子我不能与你同行

我总以为

前世千万次的回眸憧憬

才有今生命中注定的相逢

我总以为

只要牵着你的手

这一路的风景就会如痴如梦

哪怕红颜易老落花流水无情

我总以为

你从不忍让我在秋风落叶中飘零

你会在不远处与我心心相印

为我祝福

为我情有独钟

我总以为

我是你唯一的女人

你忘不了的牵挂

你永远的心头肉

早已挣脱了世俗的冲动

我总以为

你只要我陪着你

陪着你

度过所有的孤夜重重

掠过岁月的峥嵘

为你的成功放声

喝彩同你

患难与共

我总以为

你虽是众人仰视的英雄

可你仍是我的男人

我的

让我欢笑让我痛

让我魂牵梦绕日日夜夜的情种

我总以为

你就是我的骄傲我的光荣

我为你而生

你就是我的命我的苍穹

我总以为

我总能与你同行

你的热吻就可以陪我过冬

我的柔情你何时能懂

站在秋风里我有点冷

满地金灿灿的落叶

相拥着

取暖过冬

见不到你的情景

只能心痛

无法忍住的泪水可以强咽

无法遏制心因渴求而干枯地跳动

渴求你坚韧挺拔的身影

渴求你温暖有力的手

你细致入微的让我欢喜让我开怀的呵宠

你时时刻刻的牵挂

你流泪还为我擦干眼泪

你为我

早已不再远行

你能读懂我所有的柔情

我无法释怀的不足挂齿的心境

一次一次从梦中的惊醒

只是恋你

盼你

盼你我的花好月明

我偎依在你的怀里一遍一遍重复我的深情

我不去触动你心里的痛

你懂

你的热吻就可以陪我过冬

待到春色满园叶茂花红

就这样

日复一日

年复一年地等

这是我的一生

这样等你的一生

我们相爱不是偶然

谁让我们相见恨晚

年少气盛的你

怎能没有我的陪伴

你傲人的理想

在彼岸的风光

荣耀无限

我离你不远

只是无缘相见

我们相爱不是偶然

我们相爱从不简单

谁让我对你如此依恋

你的笑脸

给我所有阳光灿烂的温暖

你的失眠

让我深夜里惊醒心颤

我怕说错了什么让你为难

如果是这样请你原谅我

请你心宽

你是我生命里唯一放不下的挂牵

柔肠寸寸的思念

我们相爱不是偶然

我们相爱从不简单

谁能让往事如烟

谁又能回到年轻的从前

迟到的遗憾

是你我前生的情缘

一次次蓦然回首的等待

一遍遍柳暗花明的呼唤

我不再心酸

我不再说永远

我对你的执著有增无减

我们相爱不是偶然

我们相爱从不简单

你欠我的时间

我让你来世再还

结　局

说过多少遍

流过多少泪

倾诉我的脉脉深情

你是我的唯一

我是为你生就的美丽

我真的坚信

我们的前世本是相伴的一体

你我的相遇正是久别的重聚

不知从何时起

我的深情厚意

不再让你像从前那样

微笑着

任我的痴迷

你时而欢喜时而叹息

你强忍住泪水

紧紧地抱着我

告诉我这就是谜底

我是你今生无法破解的棋局

可你要知道

你是我的千千心结

万重的惊喜

我今生不会放弃

我要把你揉进我的诗里

嵌进画卷里

编进我的梦里

我就是要惊天动地

轰轰烈烈的记忆

任落花流水红颜褪去

我就是让你主宰我的灵魂

充盈我的身体

让你珍惜

让你难说分离

从春花到秋雨

这就是我们的结局

这就是迷底

为了你我刻骨铭心的相遇

我就是想好好爱你

好好爱你

我不只是你的情人

My Valentine 我的爱神

我不只是你的情人

求你再给我一个深深的吻

在这思念即将穿透无数无眠黑夜的凌晨

你的吻

释放了我缠绵的娇嗔

融化了我孤单的苦闷

燃烧着我为你而疯狂迸裂的灵魂

今生注定的浓情

让我成为你的

世人仰慕戴着红宝石的妩媚女人

让我尽享思念的折磨

让我高潮迭起让我无法挣脱

爱你

让我一次次死而复活

活在你温存的问候

活在你久久不去的凝眸

你紧紧的拥吻

还有你撑得起天地的双手

你的爱

在我的身体里早已繁衍

生根

我高喊

我不只是你的情人

我们不能日夜厮守

用我滚烫的体温

暖着你的身

偎贴着你的胸脯

倾听着你爱的脉搏

任你万般地宠我揉我

舔干我的泪痕

绽放我湿润的花朵般的粉嫩

任你我的热泪在交融中陶醉

颤滚

我的爱神

我不只是你的情人

我爱你如此一往情深

你别以为不见你就可以逃离我的思念

仿佛你就站在我的眼前

仿佛你就守在我的身边

仿佛你只用你炽热的双眼就轻而易举

让我魂不守舍

艳情似火

直上

百媚千红的九九重天

仿佛

你我只是初次见面

你就打破了我一生的简单

我像小女孩般羞红了脸

无尽的缠绵

蓝色海岸的情缘

仿佛就在昨天

你别以为不见

你就可以逃离我的思念

你就可以挣脱我丰盈饱溢的诗篇

你就可以试图阻止我时时刻刻的牵挂

我的心头震颤

我对所有往事的怀念

从日出到日落

丝丝缕缕似水流年

痴情难断

你不在身边

你的钟爱就是我的情田

在我心上萌芽生根

开出鲜艳的花朵

交换我的孤单

收起我的泪水

让我在清夜里依然秀美

依然璀璨

爱你

已无论聚散

你别以为不见

你就可以逃离我的思念

我流泪是为了让你拥我入怀

风花雪夜的回忆

在这个冬日的早晨飘然而至

所有童话般的美丽

只因有你诱惑的充满雄性的侵略气息

你拥有着

我只为你张开的诗情画意的身体

你主宰着我只为你狂想狂欢的欣喜

我横跨在生死的边际

为你

魂不守舍的痴迷

总是折磨自己

因你是我今生难以逃离的相遇

总是让我诚惶诚恐

让我心有余悸

让我在梦中都害怕失去你

失去我生命的主题

所以

请你别心疼我的哭泣

那是我刻骨铭心的思念

融化

泉涌出深爱的歌

那是我挥之不去的感慨

为这前世注定

今生还不完的情债

那是我娇声柔语的媚态

为的是笼着你的宠爱

领受你的情怀

那只是我的一点点渴求

为的是让你轻轻拉过我的手

抚平我的悲哀

其实

我流泪只是为了让你紧紧

拥我入怀

请你别拒绝这样和我过年

我要变成一股柔风抚摸你

我要变成水中的涟漪亲吻你

我要变成冬日里迎霜傲雪的红梅

守候你

我要变成四季翠绿的树蔓

用一生缠绕你

我要变成你的乐曲

和着你的旋律

舞动我的痴迷

我要变成你无法离开的空气

偎依你

让你醉倒在我的怀里

不能和你过年

可以无边地思念

思念无边

我要变成婀娜多姿的月光

悄悄来到你的床前

亲润你熟睡中的笑脸

舔干你奔波的疲倦

今晚

我就躺在你身边和你团圆

我要紧紧握着你的手

倾听你的气息经受你的温暖

还有许多你不曾表白的离合悲欢

我的亲人

我还要变成你的家园

梦进你的睡眠

溢满你的心田

放纵你的身体你如火如剑的万千缠绵

唱尽人间不夜天

见与不见

咱俩就这样过年

曾　经

我追随着我的内心

我寻觅着你的足迹渐渐远去的身影

我不顾一切

只为留住那熟悉的落日黄昏

那一抹转瞬即逝的深情

你和我的曾经

那么夺目绚烂

水火搏击迸射的交融

我以为

我早已活过了一生

有你的一生

是我难以放弃的憧憬

是我难圆的梦

我就是那展着娇翅的飞蛾

悲烈

执著地扑火

我不知道还有阵阵涌到胸口让我窒息的痛

日夜绞着我的刑

吞噬着我的命

我强咽下的泪水

让你的笑脸朦胧

你是我唯一的等

生命的等

哪怕天荒地老岁月枯荣

我的皱纹是一道道相思

眷恋

一次次起死回生

可你还是不懂

你这叱咤世界的英雄

我不求你的英名

你九天揽月的从容

你众人无法企及的成功

我只求你的回眸

只求你静静停一停

把我

好好地揽在怀中

睡吧　我的宝贝

还在念着黄昏

你眼神里的迷离

你欲言又止

挥挥手

仿佛不愿看着我就这样离去

我哪有什么选择

我的泪水化做满眼模糊的绿

承受过那么多分别

那么多风风雨雨

我可以咽下所有独行的委屈

我一直微笑着

微笑着

看你的步履

朝我不知道的方向渐渐远去

你的身影定格

深深地刺痛

理不清我心窝最柔弱的思绪

可我依然不忍
再为你平添过多的忧郁
因为懂你
沉默不语是你偶尔的犹豫

忘不了你对我的一切
一切的好
你许过的诺言
字字句句
刻在我的心底
还有我们牵手的耳鬓私语
其实我
早已以身相许

睡吧　我的宝贝
我会久久凝望着你平和的脸
守护着你呼吸的旋律
梦到星光灿烂的午夜
你我初次的相遇

活着　还是死去

你怎么舍得

让我这么久没有你的消息

深夜里我总是惊醒

只为一遍一遍寻觅你的踪迹

哪怕点点滴滴哪怕支离

我的心酸

犹如这无边的黑夜

深不见底

理不出头绪

也许你不想在心尖上撒把一触即痛的盐

你试图就这样轻描淡写

装作把爱忘记

没有联系

你是要拒绝回忆

还是要把发生的一切

从你的生活里彻底隐蔽

不再触及

可我知道你懂我

此时必定站在你必经的路口守着你

随时出现的狂喜

命里注定的相遇

从那天起

我就准备抛弃了自己

不再回头

也不问结局

风吹干了我簌簌而落的泪

我依然骄傲地扬起头踮起脚

朝着有你出现的方向

婷婷玉立

还是你塑造的美丽

还是你熟悉

我毫无遮拦的娇躯

微张的红唇

柔情外溢

被你耀眼的光芒刺破

那么

就让受伤的我忍痛为你歌唱吧

这一次是你亲自谱的曲

我和着你的旋律

呼着你的气息

你是让我活着

还是在歌声中为你啼血死去

后记：爱得不晚，爱得温暖

图兰朵

仓央嘉措说：秘密地活着，是最温暖的活法。相信绝大多数人很难理解其中的含义，殊不知，这恰恰是先哲指点给我们的爱情的崇高境界。

《我的名字叫爱情》是我的第一部诗集，我把她定义为一部关于秘密爱情的诗集。之所以称之秘密，是一种心灵的觉醒和温存，或者说是一种爱情的"真距离"。所谓秘密爱情，并不意味着在爱情面前懦弱，而是去独享那分热血沸腾，去恪守那片爱的希望。

我挚爱古典音乐，尤其是歌剧《图兰朵》，因为这是西方古典音乐世界里为数不多的饱含中国元素与中国智慧的作品，并让"好一朵美丽的茉莉花"的旋律唱遍世界。有着惊世之美的图兰朵神秘、高傲、孤独，而只有在卡拉夫勇敢的真爱前，才会惊醒，才会低下高贵的头。

每每聆听，每每触动心灵，真正的爱情凌驾于生命之上。在他们的世界里，不需要姓名，爱情是最美的答案。所以，只要活着，爱就不晚，只要相见，就一切未晚。爱情，没有早晚，爱情，绝非偶然。

何不让我们秘密地爱着，守候着，勇敢着，温暖着。不要在乎我是谁，只记得我是爱情的一部分，我的名字叫爱情。

去涌动吧，那些爱情的希望与热血。

2012 年 9 月 1 日　北京

爱情，众水不能息灭

> 我夜间躺卧在床上，
> 寻找我心所爱的；
> 我寻找他，却寻不见。
> 我说：我要起来，游行城中，
> 在街市上，在宽阔处，
> 寻找我心所爱的。
> 我寻找他，却寻不见。
>
> ——《圣经·旧约·雅歌》

　　东西方文学均是自诗歌开始的，而这些屹立在文学源头处的诗篇大多是以爱情为主题或线索的。中国文学自《诗经》开始，在这部厚重与温馨并存的诗集中最为璀璨的华章便是"风"的部分。"关关雎鸠，在河之洲；窈窕淑女，君子好逑。"简洁而明快地表达了古人对爱情的追求和信仰。两希文明是西方文明的两大源头，《荷马史诗》

及《圣经》则是这两大文明脉系的文学遗产。帕里斯用对海伦美好而纯真的爱情说服了特洛伊的长老，为特洛伊战争找到了最有力的证据。而《圣经》中的"雅歌"部分则是以新郎新娘对唱的方式向世人宣告了最有力、最不可阻挡的爱情。爱情，是文学中永恒的主题。

图兰朵的《我的名字叫爱情》也正是这样一本歌颂人间最纯美爱情的诗集。值得一提的是，在这部诗集中作者力图将词语和意象回归到浪漫主义的努力。二十世纪以来，世界诗歌史呈现一种意象和表述方式趋向艰涩化的势态，即便是爱情诗也不例外。诗歌作者往往把自己内心奔涌的情感潜藏在波澜不惊的意象背后，雪莱、拜伦那种对爱情发自本心的引吭高歌成了凤毛麟角。《我的名字叫爱情》则不同，作者图兰朵较少受学院规则的羁绊和诗歌写作条框的训练，更能以一种发自本心的姿态来对待自笔端流泻出的每一分炽烈感情。

张开身体

欲火一触即发

以你的女神的名义

高傲地屈服在你狂妄的身下

沸腾的热血在尖峰上洗练

原始的生命在舞动中一马当先

歌声嘹亮

全世界都在屏息聆听

（《张开身体》）

　　"身体"是图兰朵诗歌中极为常见的一个意象，
这个概念同样也是尼采之后哲学所探讨的核心问
题之一。自古希腊以来，西方哲学史中就充满了
关于"身体与灵魂"这一二元对立概念的探讨。
直到尼采之前，人们对身体的态度普遍是压抑的，
在他们看来，身体不过是动物性的载体，在追逐
精神生活和上帝之城的路途中应被彻底地抛弃。
尼采则不同，他要将身体放在一个合理的位置上，
唤醒人们对身体应有的重视。在《权力意志》中，
他认为："一切有机生命发展的最遥远和最切近的
过去靠了它又恢复了生机，变得有血有肉。一条
没有边际、悄无声息的水流，似乎流经它、越过它，
奔突而去。因为，身体乃是比陈旧的'灵魂'更
令人惊异的思想。"与尼采时隔多多年的图兰朵用
诗歌的语言向这位思想家致敬。"唇珠"、"丝发"、
"臂弯"、"胸乳"等等词语充满诗行，诗人将身体
拆分开来，细致而敏感地以身体的不同部分对应
每一次体味爱情时细微而不同的波动。抒情主人
公要"张开身体"，让爱情的阳光窸窸窣窣地钻进

每个张开的毛孔，全身心地呈现在最纯粹的天空之下。

图兰朵同样还是一个讲故事的高手，"国王"、"公主"、"胜利广场"、"女神"等等意象将词语串联起来，使诗歌具有了古典悲剧般的庄严神圣：

你是我的国王
可是我不明白
如果我不能成为你亲手加冕的公主
为什么你不答应我亲手赐给我死亡
至少我可以庄严地站在众人面前
以你的触摸结束一生的辉煌
至少我可以引吭高歌
喊出死不瞑目的绝望
让全世界都屏息聆听
至少我可以戴上鲜艳欲滴的花冠
坦然接受众人的审判
至少我可以骄傲地昂起高贵的头
嘲笑所有世俗的羁绊
至少我可以光荣地死在你的怀里

（《你是我的国王》）

《你是我的国王》是一篇具有古典主义悲剧色彩的诗章。开篇四行，诗歌主人公以渴望的姿态要求心爱的人赐予速死，心爱的国王没有亲手为她加冕，她没有成为爱情世界中高贵的公主。接下来，五个"至少"的呐喊道出了主人公死前最强烈的愿望，这五个"呐喊"又可以分为三个层次。第一个"至少"是自述的，宛若古典主义悲剧主人公临死前的道白，"引吭高歌／喊出死不瞑目的绝望"。这啼血的悲鸣过后，古典主义悲剧中的"长老队"出场，他们是中间三个"至少"的聆听者，又是被挖苦和嘲讽的对象，尽管"接受众人的审判"，但是"至少我可以骄傲地昂起高贵的头／嘲笑所有世俗的羁绊"。随后话锋一转，最后的一个"至少"是唱给爱人听的，我们仿佛看到诗歌主人公低下头，慢慢地躬下身子，国王迎上前去，为自己没有给这个心爱的人亲手加冕为公主而感到深深的懊悔。她则满足地依偎在他的臂弯中，带着小女孩一样的笑容看着他英俊的、因内疚而有些变形的脸。可是，请不要让内疚占据了爱情，抒情主人公继续放声高歌：

死前

我要赤裸

把自己最后一次纯洁献给你

我要你在胜利的广场上劈开我的身体

风暴般把我夺去

我要让你精疲力竭

把头深埋在我的胸前喘息

大地都流泪

看你我美中合一

（《你是我的国王》）

　　这里浓墨重彩地描写了诗歌主人公与她的国王最后一次惊天动地的爱情。我们可以想象出这样的场景，圆形的舞台上，那些充当"法官"的"长老们"都默默低下了头，四周灯光黯淡下来。追光灯在舞台中央照亮，一个美丽的女子宛若献祭般张开身体，她的高大仿佛超过了在场的所有人，国王把头深深埋在红褐色的战袍中，捂住了脸不停地抽噎着，一滴清泪沿着女子美丽的脸颊滚落，她眼睛中的光泽在慢慢消失，远处传来了沉闷的雷鸣声。但是，故事不能在这个低沉的默剧中收场，短暂的沉默是为了新一轮感情的迸发：

我还要让你为我披上荣华富贵大红大紫的锦缎

充当你至高无上的女神

至少

我可以最终为你而死

死前

我还要把束缚你手脚的羁绊全部烧成灰烬

合并我的躯体燃烧成炽热的火焰

用我微不足道的生命为你谱写最后一首神圣的诗篇

只为我们的爱流芳千古

被世人传遍

（《你是我的国王》）

　　这是全诗的高潮部分，爱情在华丽的火焰中涅槃。长老们慢慢抬起头来，开始艳羡地望着这一对相爱的人。国王振作起来，脱下红褐色的战袍，将献祭的诗歌主人公包裹起来，紧紧地抱住，向舞台前走来。他把她轻轻地放在舞台前早已安置好的柴堆上，含着热泪缓缓地点燃了第一把火。火舌吞噬了女子的身体，吞噬了有着斑斑血迹和剑痕的战袍。国王转过身去，步履蹒跚地下场。"长老队"中某个长老吟诵了一句诗，接着大家都开始时而轻缓，时而沉重地吟诵起关于爱情的诗篇，幕布徐徐落下，圆形的剧场中回荡着年老的男人们低沉而悲哀的声音。

　　与其说《你是我的国王》是一首抒情诗，笔者更愿意把它看做一个独幕诗剧。它严格遵循着古典主义"三一律"的原则，同时又让所有同命运女神抗争的人最终臣服于神的安排。尽管结局是注定的，但其中的过程是感人至深的。读后，一个因追逐爱情而献出生命的美丽、勇敢的女子形象跃然纸上。一切为了世俗、战争、领地、财富而拼杀的男人都矮小下来，为爱奋不顾身的柔弱女子临死前的啼血之言却在有限的空间中无限延伸，顺着时间轴化为永恒。

图兰朵并不是一个长期停留在自我建构的神话国度中的诗人，更多时候，她要求现实生活中的爱情，并热烈歌颂这份爱情：

> 我要变成四季翠绿的树蔓
> 用一生缠绕你
> 我要变成你的乐曲
> 和着你的旋律
> 舞动我的痴迷
> 我要变成你无法离开的空气
> 偎依你
> 让你醉倒在我的怀里
>
> （《请你别拒绝这样和我过年》）

她能够敏锐地在日常生活中发现爱情的对应物，将视觉、听觉和嗅觉揉合到一起，给人带来清新、缠绵和欢快之感。

> 今晚
> 我就躺在你身边和你团圆

我要紧紧握着你的手

倾听你的气息经受你的温暖

还有许多你不曾表白的离合悲欢

（《请你别拒绝这样和我过年》）

　　这种极为日常的爱情是许多人每天所经历的，但太多诗人力图在脑海中寻找理想的对应物和词语，成诗后反而因太过艰涩而丧失了本真的日常感和清新度。在这里，在图兰朵的诗歌中，抒情主人公用宛若白描一样的词语恰如其分地向读者告白，瞬间，平淡朴实却又期盼已久的爱情便跃然纸上了。

　　图兰朵和她的诗集《我的名字叫爱情》正是向读者呈现了这样一种即多变又纯粹的状态，这种状态在那些对词语矫情的诗人那里是看不到的。作者并不在诗歌写作的技术上做太多文章，而是立足于最真实、最隐秘爱情的自然流露。作者将身体从理性的束缚中解放出来，历经庄严而宏大的悲剧场景，在无数次被爱情的火焰点燃后，最终归于平实、质朴和纯粹的日常生活。

　　请让我们用《圣经·旧约·雅歌》中的诗篇结尾，以作为对诗集中无数次出现的意象——火焰的呼应：

求你将我放在心上如印记，

带在你臂上如戳记；

因为爱情如死之坚强，

嫉恨如阴间之残忍。

所发的电光，是火焰的电光，

是耶和华的烈焰。

爱情，众水不能息灭，

大水也不能淹没……

你是我的国王

你是我的国王
可是我不明白
如果我不能成为你亲手加冕的公主
为什么你不答应我亲手赐给我死亡
至少我可以庄严地站在众人面前
以你的触摸结束一生的辉煌
至少我可以引吭高歌
喊出死不瞑目的绝望
让全世界都屏息聆听
至少我可以戴上鲜艳欲滴的花冠
坦然接受众人的审判
至少我可以骄傲地昂起高贵的头
嘲笑所有世俗的羁绊
至少我可以光荣地死在你的怀里